기억창고의 선물

기억창고의 선물

지은이 | 정두리
펴낸이 | 一庚 장소님
펴낸곳 | 도서출판답게

초판 인쇄 | 2017년 4월 17일
초판 발행 | 2017년 4월 25일

등 록 | 1990년 2월 28일, 제 21-140호
주 소 | 04994 서울시 광진구 면목로 29(2층)
전 화 | (편집) 02) 469-0464, 02) 462-0464
　　　　(영업) 02) 463-0464, 02) 498-0464
팩 스 | 02) 498-0463

홈페이지 | www.dapgae.co.kr
e-mail | dapgae@gmail.com, dapgae@korea.com

ISBN 978-89-7574-291-0

정두리 시집

기억창고의 선물

도서
출판 답게

이번 시집에는

기억 속에 있는 것,

추억이 된 것들이 시가 되었고,

그것을 묶었습니다.

그때가 좋았다고,

돌아보니 지난 시간은 죄 아름다웠더라고

서운하고 궂은일도 지우개가 된 시간 덕분으로

너그럽게 추억할 수 있는 나이가 되었습니다.

기억창고는 그렇게 세워졌고,

그 속에서 하나 둘 꺼내본 기억들은

조곤조곤 이야기 시가 되어 나를 기쁘게도 하고

울적하게도 만들었지요.

여우의 신포도가 내 옆에 있기도 했고,

슬픔과 아픔이 모양을 갖춰

더욱 단단해 지기도 했습니다.

지금껏 살아오면서 더러 유감이 있었더래도

이제 따지거나 가려볼 마음은 없습니다.

허세 부린다고 나무라지 마십시오.

세상의 질고를 위무 받기로는

시만큼 편안한 친구는 없었다는 고백을 합니다.

기억창고는

내게 그런 분별과 기운을 선물해 주었습니다.

나의 기억창고에 들러주신 그대들,

사랑합니다.

진심으로 고맙습니다.

시집을 꾸며주신 '답게' 식구들과 함께 기쁨을 나누고
싶습니다.

정 두 리

Ⅱ. 꿀잠을 위하여

Ⅲ. 기쁨의 날이 오리니

Ⅳ. 기억창고

I. 수풀 속으로

질문에 답하기

어린이들과 공부하는 중입니다
어린 친구들의 질문을 받습니다
"선생님, 글 잘 쓰면
유명해지고 돈 많이 벌어요?"
너무 솔직한 물음에 잠시 말을 잊습니다
"아참, 선생님!
차두리가 유명해요, 정두리가 유명해요?"
이번엔 기습질문입니다

우리 어린이들, 유명해지는 것,
스타가 되는 것
아주 좋아하지요
유명해지면 돈도 많이 벌 수 있다는 공식이

이미 저들 사이에는 짜아 하니 퍼져 있으니까요
글 써서 부자 될 수 없고, 유명해지지도 않는단다
이런 정직한 대답을 해서
어린이들을 지레 실망시켜야 하나요?

차두리가 정두리 보다 더 유명하다는 것,
니들이 알고 있을 테니
이 질문엔 답하지 않아도 되겠지?! 하하

학교 가는 길

9시까지가 등교시간이지요

초등학교 등굣길에 만나는 어린이들

중학년쯤으로 보이는 고만고만한 어린이들이

예쁘고 의젓해서 눈여겨보게 되었어요

매끈하게 빗질해 말꼬리처럼 묶어 리번을 꽂은 여자아이

나름 색깔 맞춰 입은 옷에 야구모자 쓴 남자 아이

살짝 찡그렸지만 귀엽게 생긴 또 다른 여자아이

무슨 얘기를 주고받는 걸까요?

그들 주변은 후렴 같은 조잘거림이 퍼지고 있습니다

나와 눈이 마주치자 처음 보는 내게 어린이들은 인사를

합니다

"안녕하세요?" "안녕하세요?"

아이들의 말간 눈동자를 마주 보는데

왈칵 눈물이 나올 것 같았지요

OECD 국가 중에 우리나라 어린이가 제일 불행하다는

통계가

나왔다고요? 말도 안 돼, 누가 어떤 기준으로요?

조금 전 엄마에게 들은 지청구쯤 금세 잊고

이렇게 맑고 씩씩하게 책가방을 메고 학교에 가서

사람이 귀하다는 것을 배우게 될

이 사랑스런 아이들을 보셨다면

'불행' 이라는 단어를 어찌 말 하나요,

그런 통계 불쑥 들이밀지 못하고 말고요

로스코 기념교회

'나는 네 심장을 움직이기 위해서

그림을 그리는 거야'

'마크 로스코'의 그림은 그렇게 완성되었습니다

그림으로 움직이는 심장,

그의 의지는 사람들에게 다가가서 얼마쯤 이뤄졌을까요?

휴스턴, 로스코 기념교회에 와서 명상의 자리

나무로 된 일자 의자에 조용히 앉아 봅니다

다른 이는 이미 방석 위에 앉아 움직임이 없습니다

건물 천정에서 비치는 조명이 덧칠하고 덧칠한

벽에 걸린 커다란 석 점의 그림,

그중에서 갈색의 그림 위에 멈추고 있습니다

이 공간의 무거운 침묵까지도

그가 원하는 작품이 되었습니다

손때 묻어 페이지 끝부분이 말려지고 색이 변한

성경책이 놓여있는 짧은 복도를 지나

7불을 주고 엽서를 사고, 돌아서서 사인북에 글을 남깁

니다

'마크 로스코, 그대를 생각합니다

그대 삶의 밝음과 어두움까지

종교를 넘어서고자한 큰 용기를'

단순하게 가꿔진 마당에는 다람쥐들이 잘 자란 나무를

타고

통통거리며 놀고 있었습니다

그냥, 아무 생각 없이 그렇게~

글씨의 나이

글씨가 그 사람 모습과 닮아있다는 걸 아시지요?

살펴보면 정말 그렇더라고요

동글동글한 글씨를 쓰는 사람은 얼굴도 동그랗고

손등까지 동그스름 했어요

날카롭게 빼어 쓰는 글씨를 쓰는 사람은 얼굴선이 예리

했어요

글씨와 사람은 그렇게 저절로 닮아가게 마련인 거지요

글씨도 나이를 먹고, 아프기도 합니다

주인과 함께 나이를 먹어가는 글씨의 나이

주인이 병이 나면 글씨도 어지럽고 기운 없는 얼굴이 됩

니다

단박에 표가 나서 숨길 수가 없는 것이지요

요즘 어린이들의 글씨는 예쁘지 않습니다

도무지 예쁜 주인을 닮지 않았습니다
무엇보다 성의가 없어 보입니다
글씨를 열심히 쓰지 않아 생긴 일이지요
글씨 쓸 일이 줄어들어 생긴 일이고요
글씨는 네 얼굴이다,며 무섭게 가르치신
국민학교 때 선생님 생각이 자꾸 납니다
내 글씨는 내 얼굴이다는 것에
이의를 달고 싶지 않으니까요

슬픈 노래

'서울 가신 오빠는 소식도 없고

나뭇잎만 우수수 떨어집니다' (오빠생각)

오빠가 없는 나는 서울 간 오빠를 그리는

노래도 부럽고 슬펐습니다

'파도가 불러주는 자장노래에

팔 베고 스르르 잠이 듭니다' (섬 집 아이)

아기가 걱정이 되어 굴 바구니를 이고

모랫길을 달려오는 엄마와 기다리다 혼자 잠이 든

아기가 눈앞에 떠올라서

용재 오닐의 비올라 선율도 눈물납니다

장사익의 노래, '찔레꽃'을 좋아합니다

마음 놓고 슬퍼해도 되는 노래입니다

내 가슴에는 슬픔을 받아주는 항아리가 있나 봅니다

너그러운 엄마 같은 둥근 항아리 묻어 놓았습니다

슬픈 노래는 슬픔을 다독이는 힘이 되어줍니다
'메기의 추억' '클레멘타인'을 부르며 자랐고
지금도 혼자 흥얼거립니다
'날 저무는 하늘에 별이 삼 형제
반짝반짝 정답게 비추이더니
웬일인지 별 하나 보이지 않고
남은별만 둘이서 눈물 흘리네'
방정환의 '별 삼형제'는 겨레의 슬픔을 읊었지만
내가 사랑했던 남동생을 교통사고로 잃고
그는 별이 되어 내 가슴에 남아 녹슬지 않습니다
슬픈 노래, 오늘도 나는 슬프지 않으려고 부릅니다

수풀 속으로

또 한 팀을 이끌고
유아 숲 지도사가 앞장서서 갑니다
또래 어린이들 여섯 명이 이름표를 달고
조로록 따라 갑니다
산동네에 살고 있으니
하루에도 몇 번을 보는 모습입니다
조용한 주변이 아이들의 자그락대는 말소리들로
산언덕이 새롭게 살아납니다

"자, 봐요 이 나뭇잎은 마주나기지요?"
지도사는 아카시나무 잎을 손에 들었습니다
이번엔 벚나무 잎을 들고 묻습니다
"이 나뭇잎은요?"

"어긋나기요!"

어린이들은 배운대로 합창으로 답합니다

숲에 사는 곤충에 대해 배우고, 풀이름도 익힙니다

나뭇잎을 주워 종이에다 예쁘게 붙여보고

거울을 이맛전에 대고 거꾸로 숲길을 보기도 합니다

숲이 살아야 사람들이 살 수 있다는 것을

어린이들은 산에 가서 배워 올 것입니다

나무와 풀(수풀), 숲을 아껴야하는 이유를 터득한 아이
들이

어른이 되면 세상까지 푸르게 변하겠지요?

아픈 손가락

달려라 달려 로보트야

날아라 날아 태권브이

정의로 뭉친 주먹 로보트 태권

무적의 우리 친구 태권브이

그날 만화영화 태권브이가 상영되고 있던 대한극장에서는

영화중간에 나오는 주제가를 따라 부르는 어린이들의

합창으로

극장 천장까지 들썩거렸습니다

국민학생인 아들도 그 무리에 섞여 손뼉치며 큰 소리로

따라 부르고 있었지요

순하고 부끄럼쟁이인 줄만 알았던 아들의 숨겨진 열기를

눈으로 확인하는 순간이었으니 어미인 나는 놀라고 말

앉지요

열화 같은 성원을 받은 그 태권브이를 아들은 지금도 기억하겠지요

열 손가락 깨물어 안 아픈 손가락 없다지요?

깨물기 나름이라는 말도 있어요

어쨌거나 내게 아픈 손가락은 아들입니다

그 손가락, 내려 보기만 해도 먹먹합니다

감추지 못하는 흐릿한 새치, 안경을 벗으면 달라 보이는 얼굴

열정을 잃어 보이는 그의 나날을 알아버렸으니

나의 아픈 손가락으로 쓰다듬을 수 밖에요

'정의' '무적' 이라는 단어가 참 새롭습니다

사라진 듯한 정의, 그리고 정의가 이기는 무적의 세상을 꿈꾸어 봅니다

나의 아픈 손가락이 다시 로봇 태권브이를 만났으면 좋겠습니다

발을 구르고 손뼉을 치며 신나게 노래를 불렀으면,

그렇게 힘을 얻기를 기대해봅니다

'우리의 소원은 통일'

대통령과 그 일행이 북한에 가서
그곳 지도자와 손을 잡고 함께 불렀던
'우리의 소원은 통일'을 기억하지요?
그 감격은 특별했어요
곧 이 땅에 무언가 새로운 힘이 솟아나서
소원인 통일이 실제적인 모양을 띄고
다가 올 듯이 여겨졌으니까요

우리의 소원은 통일
꿈에도 소원은 통일
이 정성 다해서 통일
통일을 이루자

안석주 작사, 안병원 작곡

두 분은 부자父子지간입니다

1947년 3월 1일 3.1절 특집방송 노래극에서

처음으로 부르게 되었으니 노래도 꽤 나이가 들었습니다

시작은 소원이 아니고 독립이었다가

나중엔 소원으로 바뀌었습니다

'우리의 소원은 통일'

이 노래를 모르는 이 있을까요?

국민의 노래, 민중의 노래가 된

이 노래를 부르면 이젠 마음이 아픕니다

겨레를 살리고 나라를 찾는 일

통일은 어서 오라고 하면 이뤄지는 것일까요?

남 탓 인양 서로 미루는 듯이 들리니 안타깝습니다

정성이 모자라서 인가요, 손짓하면 다가 올

통일이 아니라는 것을 이미 알고 있다는 것이

자꾸만 슬퍼집니다

김명태와 선생님

여물지 못해서 저절로 나무에서 떨어진
푸른 복숭아는 풋내가 났을 거예요
새콤한 과일 맛은 기대조차 할 수 없을 테고요
그런 풋 복숭아를 양푼에 담아놓고
학교 정문 비켜진 곳에서 아줌마들이 팔고 있었어요
아직 덥기 전이니 초여름을 바라볼 즈음이라 여겨져요

내 짝지인 김명태가 책상 밑에서 푸른 복숭아를 꺼내 먹
다가
선생님께 들킨 것을 나는 금방 알아채지 못했어요
분필 토막이 명태에게 날아와 떨어지는 것을 보고서야
알았지요
"일어섯!" 선생님의 큰 소리에 명태는 주춤주춤 일어났어요

있는 듯 없는 듯, 며칠 결석해도 알아차리지 못하는
짝이었고 친해지지 않았던 김명태,
하필 이름도 놀림 받기 좋은 명태였으니요
부끄러워 붉어진 얼굴로 눈물을 흘리며 명태가 한말은
아침밥 대신 엄마가 장에 나가면서 주고 간 복숭아였다
는 것이지요
선생님은 출석부 모서리로 명태 손바닥을 때리는 벌을
주셨어요
"불량식품 먹으면 안 돼!"

해마다 성급한 풋과일이 시장에 나오면
불량식품, 아침밥, 김명태의 이름이 겹쳐 생각나는지
선생님의 매를 '사랑의 매' 라고 여기던 그 시절까지도요
그는 지금 어디에서 살고 있을까요?
부자가 되어 옛말하며 살고 있었으면 좋겠습니다

젓가락 유감

먹방, 쿡방이 대세라고 합니다

그럼요, 먹고 살자고 다들 피나게 애쓰는 거 아니겠어요?

많은 어린이들 장래 희망이 요리사라는데

그 유행 섞인 희망이 언제까지 이어질까요?

텔레비전에 알려진 스타가 먹는 프로 먹방에 나왔네요

맛나 보이는 음식을 시식할 차례가 되었어요

그녀는 젓가락을 들고 음식을 집어 입으로 가지고 갑니다

이를 어쩌나요, 젓가락이 비틀어졌어요

참, 신기해요 그 엑스 자 젓가락으로 흘리지 않고 잘 집어 먹어요

눈을 깜박이며 '맛있다, 맛있어요' 를 연발하는 그녀

정말, 안타까웠어요 그 나이 먹도록 젓가락질을 배우지 못했네요

어릴 때는 포크로 찍어 그럭저럭 먹었겠지요?

엄마가 조금만 관심을 가지고 있었다면 바로잡지 못할 일

아니었는데!

초등학교에서 젓가락으로 콩을 집어 옮기는 연습을 시

킨다고 해요

콩을 집는 손동작은 집중력을 키우는 교육방법에 도움

을 준다고 하지요

숟가락으로 먹는 음식, 젓가락으로 먹어야 하는 음식은

구분되어 있지요

밥은 숟가락으로 먹어야 하고, 국은 젓가락으로 먹어서

는 안 되듯이요

그나저나 먹는 일만큼은 제대로 배우고 익혀야 하는 것

아닌가요?

외국인이 벌벌 떨면서 젓가락질을 배우려고 하는 것처럼

예쁜 그녀, 다음에는 제대로의 젓가락질 배워 나오세요

아마도 방송 본 많은 이들의 지적을 받았을 거니까요

쎄 쎄 쎄

푸른 하늘 은하수 하얀 쪽배에 짝짝짝

아침 바람 찬바람에 울고 가는 저 기러기

(손동작까지 곁들이지요)

실뜨기, 땅따먹기, 공기놀이, 고무줄놀이

그때 우리들의 놀이는 언제나 풍성했고 재밌었어요

동생을 업고나와 뛰지 못하고 구경만 하던 경옥이는

도저히 참을 수 없었는지 포대기 펼쳐 동생을 앉혀놓고

신나게 줄넘기를 했습니다

남자애들이 하는 자치기며 구슬 따먹기도 너무 잘해서

끼어주지 않으려고 하는 경옥이니

좀이 쑤셔서 그냥 구경만 하고 있을 수는 없었을 테지요

장 보고 오던 경옥이 엄마,

"이 노무 가시나!" 경옥이는 다리야 날 살려라고 내뺐어요

엄마를 보고 동생은 방긋방긋 웃었고요

골목에 꽁치 굽는 냄새가 퍼지고
가로등의 귤빛 불이 들어오고
아무개야, 밥 묵어라! 담장 밖으로 울리는 소리
아이들은 먼지 내음을 풀풀 날리며 집으로 들어가지요
부엌 광에 연탄 들이고, 쌀 좀 넉넉히 놓으면 어느 부자
도 부럽지 않았던
빨래비누도 검정비누 하얀 비누면 족했고요
손가락으로 소금 찍어 이를 닦던 할머니는 수채구멍으
로 쌀알이거나
밥알이 들어가면 벌 받는다, 난리를 치셨지요
그래도 마당엔 끊이지 않고 화초들이 꽃을 피웠어요
이른 봄 명자꽃이 발그라니 피면
"명자야, 네 꽃 피었다 바람날라!" 앞집 명자는 괜히 부
끄러워 했어요

쎄쎄쎄, 우리 손을 잡고 '아침 바람 찬바람에'

어디 한 번 맞춰볼까요?

"에이, 그런 걸 뭐하러"

나, 그럴 줄 알았어요

말이 시詩

'말이 씨가 된다' 는 말이 있지요?
불길한 말, 나쁜 말을 쉽게 입 밖으로 내뱉지 말라는
좋은 말 하자는 뜻이 담겨있는 말이기도 하지요
나쁜 말을 하면 그 말이 씨가 되어 싹을 틔우고 쑥쑥 자라
좋은 나무 못 자라게 심술 피면 어쩌나요?
큰 일 날 일이지요

그런데요, 말이 시詩가 되는 아줌마를 알아요
그이는 대한민국의 많고 많은 시인 중에 끼이지 못하는
시인이 누군지도 모르는 어쩌다 만나는 그냥 아줌마예요
아줌마의 학력이 어떠한지는 물어보지 않았어요
우리 사이에는 몰라도 되는 일이니까요

"내가 감추려고 해도 든적스러워요" 하거나
"시난고난 해도 견딜 만해요" 할 때도 있고요
빨래를 걷고 나서 쏟아지는 비를 보며 혼잣말로
"아이구, 딱 시우야" 했어요
시우時雨?, 시우詩友? 이건 나의 혼잣말이고요
아줌마는 말이 시가 되는 진정 아름다운 시인이예요

말이 씨가 되거나, 말이 시가 되거나
그 말은 입속에서 밖으로 걸어 나오면서
자기의 몫이 달라지는 것이 분명한가 봅니다
말이 시가 되는 사람이 부러워서 하는 말입니다

엉겅퀴 꽃

이리와 보셔요

올해도 비탈지고 푸석한 땅에서

식물도감에는 없는 이름,

'십자가 꽃'으로 부르는

예쁘거나 화사하지 않지만

보랏빛으로 언덕을 감싸며

'엉겅퀴 꽃'이 피었어요

서른 세 살의 아들이 십자가에서 숨을 거두고

손과 발에 박힌 못을 뽑아 낸 후

아프고 기진한 어머니를 보며

그곳 언덕에 피어난 '엉겅퀴 꽃'은

천 개의 침이 되어 어머니의 가슴에

꽂히고 또 꽂혔어요
눈물은 그렇게 침針이 되어 남았지요

상처에 엉겅퀴를 찧어 바르면
피가 엉기며 멈춘다고 했어요
십자가에 내려진 그분을 위해
꽃은 아무것도 해주지 못했어요
있는 듯 없는 듯한 향기를 감춘
슬픔의 보랏빛 가시 꽃
엉겅퀴는 저 혼자 기운을 차려
잊지 않고 해마다 꽃을 피워요

씹던 껌

껌 씹을 때, 보기 좋은 사람은 드물어요

질경질경, 우물우물, 딱딱(소리), 푸우(풍선껌)

씹는 입매는 다르지만 공통점은 예쁘지 않다는 것이지요

이상하게 껌을 씹으면 자신을 방기하게 되는지

그 작은 껌의 힘이 센 건 맞아요

'끔(껌) 좀 씹었다'는 말이 우회적으로 뜻하는

불량성을 생각하면 더욱 그래요

이런 말, 껌 만드는 회사에서 싫어할지 모르지만요

야구선수의 불안해소거나, 심심풀이용이거나

작은 돈으로 구입한 껌 효과는 그닥 나쁘지는 않아요

씹던 껌을 구석 벽에 나만 알게 붙여 놓거나

앉은뱅이책상 모서리에 붙여 놓은 적이 있어요

다시 씹기 위해서지요

지금 생각하면 아무리 내가 씹던 껌이어도 찝찝한데

그만큼 껌도 귀한 물건이었기 때문이었지요

바둑 껌 한 알이거나, 노랑 그림이 예쁜 포장을 조심히
벗겨

긴 껌을 돌돌 말아 입에 넣어 씹던 껌의 말랑한 질감은

얼마나 황홀했는데요!

이제는 껌을 아주 하찮게 보기도 하지요

"네가 니 껌이냐?!"

아줌마가 분대질치며 외치는 연속극에서 듣는 말이예요

보도블록에 뱉어낸 껌이 만든 수많은 점박이 얼룩,

이런이런, 셀 수 없는 껌딱지들

아주 보기 흉해요

제발 씹던 껌 아무데나 버리지 마세요

껌은 어디라도 딱지처럼 붙어 있고 싶어 하니까요

일기장

일기쓰기가 글짓기 공부의 시작으로 여기던

국민학교 시절을 기억합니다

사실 일기쓰기는 재미없었어요

매양 그날이 그날인 일기쓰기는

지어내어 쓰기가 되고 말았으니까요

숨어 살았던 15세 유태인 소녀 '안네의 일기'

국민학교 4학년 이윤복의 일기가

책으로 나오고 영화로 만들어졌어요

소년가장 윤복이의 가난은 많은 이의 관심을 받았지요

'저 하늘에도 슬픔이' 어린이들은 단체로 영화 관람을

했지요

윤복이의 일기는 우리에게 일기쓰기를 강요하게 했어요

'내가 할 수 있는 건

내 가슴 깊은 어딘가에 우리를 영원히 담아두는 거예요'

'메디슨 카운티의 다리'에서 프란체스카의 말이지요

떠돌이 사진작가 킨 게이트와 시골주부 프란체스카의 사랑

헤어졌고 이룰 수 없었기에 아름다울 수 있는 그들

삼류소설이거나 말거나 한때 장안의 화제였지요

어머니의 유품인 일기장을 읽은 아들과 딸은

생각이 엇갈립니다

생전의 어머니가 겪은 나흘간의 애틋한 연애를

이해하지 못하는 아들에게 일기장은 남기지 말아야 할

흔적이었을까요?

'메디슨 카운티의 다리'를 보는 극장에서

앞줄에 앉은 어려보이는 여자 셋이

팝콘을 소리 나게 먹고, 키득거리기 까지 하는 모습

그건 소문난 것만큼 영화가 재미없다는 표시였어요

나이든 엄마 또래의 일기장 얘기에 뭔 관심을 갖겠나요,

나의 연애 얘기와 비슷하기라도 해야지~

II. 꿀잠을 위하여

견장

전생의 원수가 부부 되고,
전생의 빚쟁이가 자식 되어 만난다고 했던가요?
아직도 헤어지지 않은 채
전생의 웬수끼리 한집에 삽니다
증오와 사랑에도 힘이 따라야 하는 것을 알게 된 나이
두 웬수는 기운이 바닥나서
적대감도 미뤄놓고 반칙도 눈 감고
시들머들 그냥 삽니다

베란다에서 빨래를 탁탁 털어 널고 있는데
일층 현관문으로 낯익은 자색티셔츠 입은 남자
혼자 걸어 나갑니다
'아이구, 저 웬수!'

6층에서도 금방 알아보고 입을 비쭉 내밉니다
어? 그런데 이제 보니 여태 몰랐던
웬수의 두 어깨에 견장이 달렸습니다
둥글게 굽어진 어깨에
'외로움' '무력함'의 견장을 달고
저 웬수 처연하게 걸어갑니다

1970년도의 청춘

동네 미장원 가서

단발머리 끝을 말아 넣고 플레어스커트 떨쳐입고

빼딱 구두 신고, 그래봤자 6센티 굽이나 될까 말까

때 빼고 광 내고 이만하면 되었다고 나섰을 때

뒷통수에 따라 붙는 남자들의 눈길도 제법 받아 보았지요

아~아 살랄라

유별나게 굴지 않아도 눈에 확 띄는 나이

그때가 나의 청춘이었을까요?

'참 좋은 때다, 막 피네 피어'

길가 평상에 앉아 부채질하며 날 보던 할매들 말에

'난 언제나 좋을 때' 지요, 했던

뭣도 몰랐던 나이

뭣을 알고 나니 다시는 그 나이로 돌아가고 싶지 않아요

이건 진심으로 하는 말이예요

겪어보지 않았나요?

지금 겪고 있다고요?

알고 보면 그 나이 좋기만 했을까요,

화사하니 빛나기만 했을까요?

아니예요, 돌아보니 아주 숭악한 나이였더라고요

오래된 사랑

햇살이 둥글게 퍼지고
박물관 뜰은 고즈넉했어요
햇살 한 자락은 에밀레종 종각에
들어가 놀고 있었고요
박물관대학에서 공부하고 나온
중년의 여성들이 조잘조잘
뜰 앞 벤치에 앉아 수다중이었지요

휠체어를 타고 있는 나이 지긋한 신사를
본 것은 그 때였지요
그를 돌보는 젊은이는 한눈에 보아도 아드님
그들은 일본분이었어요
여성 중의 한 사람이 서툰 일본말로 인사를 했어요

휠체어의 신사는 또렷하게
"안녕하세요?" 우리말로 답을 하셨지요

신사는 오래 전 서울에서 중학교를 다녔데요
이웃의 조선 여학생과 서로 좋아했다지요
해방이 되고 그들은 헤어졌고
긴 세월이 흘렀지만 혼자된 신사는
'꼭 그 소녀를 만나고 싶다, 죽기 전에'
아들 내외가 소원을 들어 주었데요

서울 와서 수소문하였더니
소녀는 이미 저 세상으로 떠났다는
소식만 듣게 되었다는군요
마지막 여행으로 수학여행 왔던
경주까지 오게 되었다고요
오래된 사랑은 눈물겨웠지만
오래 되어서 그 사랑은 보석으로
가슴에 남게 되었지요

집 밥 타령

언제부터인가요, 집 밥을 그리워하시다니요?

가정식 백반, 집 밥이라는 말이 우대받는 중이더군요

이제사 웬 집 밥 타령들인가요?

여태 나가 먹는 밥이 대접 받고, 최고로 치지 않았나요?

그득하니 불러오는 배는 외식이어야 제격이었어요

집 밥, 그러니까 엄마가 지어준 밥이거나

최소한 그 비슷한 음식을 먹겠다며 밥집을 찾아다니시

잖아요?

그 밥이 추억의 맛이라거나 엄마의 정성이라 추켜세우

면서요

지금껏 엄마와 아내는 기다렸지요

저녁밥 지어놓고 밥을 먹어줄 식구를, 그 입을 기다렸지요

식탁에 앉아 두런두런 나눌 이야기를 들으려고

귀를 열어 놓았지요

이제는 음식 간도 둔해지고 변해지고

뭣보다 밥하기 싫어진 엄마(아내)에게 집 밥 주문을 하

시는지요?

역으로 하는 말로 듣지 마세요

집밥 먹기 위해 집으로 빠른 걸음하면 될 것을,

밖에서 웬 집밥 투정인가요?

내가 안 하는 밥이 제일 맛있는 밥이 되어버린

아줌마들은 집 밥 타령이 아주 부담스러워진답니다

기러기 아빠

펭귄 어미가 알을 낳으면
그 알을 품고 부화시키는 것은
펭귄 아비의 몫입니다
아비는 알을 품고 혹한의 겨울을
한 달 동안 견딥니다
먹을 양식을 구해온 어미는
태어난 새끼만 거둬 먹이고
남편을 모른 체 합니다
눈길 한 번 주지 않습니다
남편은 기진하고 낙망하여
주저앉고 엎어져서 죽어갑니다
죽기 밖에 할 수 있는 일은
없었기 때문이었지요

주변에서 기러기 아빠의 고단한 삶을 볼 때

펭귄의 아빠가 생각나는 것은 어쩔 수 없습니다

부디 펭귄의 아비로 살지 마십시오

당신의 아내가 펭귄 어미를 닮아 있다고 원망하지 마십
시오

누구도 당신에게 헌신과 희생을 요구할 수는 없습니다

기러기는 날아 갈 줄 압니다

날아가 식구들을 앞세워 돌아오세요

가정은 '함께' 여야 하고 '모두' 여야 하니까요

고구마 빼떼기

손바닥만한 논도 없는 척박한 섬에서 태어난 소녀는
줄창 고구마를 먹어야 하는 가난이 싫어
그곳을 떠나는 것이 소원이었지요
그런데 너무 멀리 오래 떠나 살게 되었어요
세월이 흐르고 소녀는 초로의 여인으로 고국으로 돌아
옵니다
그 지긋한 가난을 덮을 만큼의 부와 명예를 얻게 되었고요
그는 내게 물었어요
'고구마 말렸다가 삶아 먹는 그거 요즘도 있는가' 고요
우습지요? 고구마라면 진저리를 쳤다든 사람이,
꼭 먹어보고 싶은 음식이 고구마 빼때기 라는 것이요
섬에서는 고구마를 오래 저장하기 위해 껍질을 벗겨 말
렸다가

그것으로 죽을 끓여 끼니를 해결했다는~

통영에서 배를 타고 한참 가야했던 작은 섬마을의 소녀

어른이 되어 돌아와 고구마 빼떼기 죽과 물김치를 앞에

놓고

숟가락을 들고 가슴 설레어 하는 모습을 봅니다

입맛은 그렇게 단순하고 정직한 것이었는지요,

아니면 거부할 수 없는 추억의 맛으로 남아있는 것인가

요?

이제 고구마도 저렴한 먹거리는 아닙니다.

요즘 눈에 띄지 않는 겨울 군고구마도 비싼 가격 탓에

수지가 맞지 않아서라지요?

고구마가 값으로는 우월해졌습니다

빼때기가 통영지방의 별미로 등극했으니까요

옛날, 소녀가 먹었던 그 고구마가 아닌 것이 다행일까

요?

꿀잠을 위하여

아직도 자리 덧으로 잠을 설칩니다

여행 가서 첫 날은 시차 없어도 꼬박 샙니다

아마 앞으로도 달라지거나 나아지지는 않을 듯 합니다

노루잠으로 새벽을 맞으며

내가 나를 끝없이 나무랍니다

'그래, 그 고집 대단해!'

뒷머리가 베개에 닿으면 잠이 든다는,

가볍게 코를 골고 자는

죄 없는 룸메이트를 질투합니다

피곤에 몸을 맡기면 순응하는

무심한 신경 줄을 가졌으면 합니다

단잠을 자고 일어난 아침,

맑아진 머리로 감사의 인사를 드립니다

오늘 내게 주어진 하루가 소중해서 저절로 그런 마음이
듭니다

거울에 비춰진 부숭부숭 하지 않은 내 얼굴도 그런대로
봐 줄만 해서

내가 나를 보며 흐흥, 하고 웃어주기도 합니다

이런 날은 너그러워져서 가족과 이웃에게 잘해주고

봉사하고 싶어지는 날이기도 합니다

잘 때 자고 일어나고, 먹고 배설하는 인간의 기본 능력이

가능하다는 사실을 은연중에 확인 받는 일이기 때문에

꿀잠을 자고 일어나는 아침을 귀하게 받습니다

이물질

"이물질 들어오기 전에 가족사진 찍으려고요"
곱게 차려 입고 나서며 윗층 아줌마가 말했어요.
물론 웃으면서 하는 말이었지요
아하, 알아들었어요
아들의 혼인을 앞두고 있다고 하더니
이물질은 며느리자리를 두고 하는 말이었어요
내가 할 말은 아니어서(밉보이기 싫어서)
'좀 기다렸다 내년에 함께 찍으시지' 속말만 했지요
아들에 대한 엄마의 애틋함은 이해가 되요
첫 아들은 전생의 애인이 아들 되어 왔다던가요?

식빵을 구워 자르면 양쪽에 하나씩 빵 껍데기가 생기지요
시어머니의 존재를 그렇게 빵 껍데기라 부르기도 하더

라고요

세상 어디나 시어머니는 그렇게 어렵고 불편한 존재인
가 봐요

뻣뻣해서 먹기엔 마땅찮지만 그 껍데기가 식빵을 마르
지 않게 해주니

아주 몹쓸 형편은 아닌 거지요

세월이 지나면 서서히 이물질의 위치가 바뀌게 되는 걸
어쩌나요?

힘이 강해지는 며느리, 늙고 나약해지는 시어머니

어쩌면 오래 전 그때의 며느리처럼 이물질 대접을 받거나

더부살이 처지가 되어 가족사진에 끼어들 수 없게 될지
도 몰라요

우리, 서로 이물질에 대해 너그러워야 해요

도다리 쑥국

도다리 산란기인 봄철

양지바른 곳에서 이르게 돋아난 여린 쑥과 함께

맑은 국물로 끓인 제철 음식 도다리 쑥국

그 시원한 국물 맛을 늦게사 알았어요

담백함이 무엇인지 알게 하는 맛

맛의 허세가 배제된 음식

이름이 원조식당인 바닷가 식당의 문을 열고 들어가

도다리 쑥국 시켜놓고 기다립니다

벽에는 소주 선전하는 어깨를 드러낸 옷을 입은

예쁜 여배우의 광고가 붙어 있고

주방에서부터 흘러나오는 마늘이 밑바탕이 된 양념냄새는

이미 작은 식당 전체에 도배가 되어 배어 있습니다

도다리를 맛있게 먹기 위한 쑥의 역할인지

쑥을 위한 도다리의 헌신인지,

둘의 만남은 여간 어울리는 것이 아니예요

쑥 내음이 아득한 향기로 다가오네요

콧등에 배는 땀, 봄기운이 온몸으로 번지고 있어요

봄이 왔다는 것을 유록의 잎에서

성급히 피는 봄꽃에서 느끼는 것이 아니라

한 뚝배기, 도다리 쑥국에서 진하게 맛보고

뭐, 인생 별 거 아니라는 말까지

도다리 쑥국에다 훈장으로 걸어주고 왔습니다

수다 송頌

수다는 경쾌하고 아름답다

마음껏 떠들면 응어리가 풀린다

유쾌한 수다에게 매겨지는 후한 점수예요

더 보탤까요?

受多, 秀茶, 收多

만들어 붙인 글자지만, 수다는 어찌 되었건

首茶예요

서로 받아주는 사이여야 통하는 수다

여자들은 친숙함을 함께 나누는 것으로

수다(말)를 으뜸으로 치지요

여자니까 말이 많다고 해서는 안 되는 거 아시지요?

버스 속에서 내가 타고 내릴 때까지 핸드폰으로

수다 떠는 남자를 보았어요

누군가를 깎아내리는 뒷담화, 노골적인 자기 자랑이

곁에 앉은 사람 안중에도 없이 줄기차게 이어졌어요

여자와 다를 바 없는, 여자보다 더 한

말 많은 남자 대책없다 느꼈어요

수다의 힘, 수다의 즐거움, 수다 후의 후련함은 존재하지만

허전함도 필수적으로 따르게 되지요

가끔은 '내가 해야 할 말이었나?' 하고

돌아보는 장치를 만들어 놓아두면 좋겠어요

목소리가 높아서, 언어구사력이 좋아서 생리적으로 따

지기 전에

인정해요, 솔직히 여자여서 말이 많은지도 몰라요

할 말이 많은 거지요, 말은 할수록 늘어나고 우세해 지

니까요

'우리끼리 하는 말인데' 일수록 수상해지는 수다를 경계

해야 해요

그렇게 다스린 다음에 경쾌한 대화

수다, 수다를 노래합시다

나이 든 어린 아이

'여기가 아파요,

어젯밤엔 잠도 못 잤어요'

컴퓨터만 쳐다보고 있던 의사가 무덤덤한 목소리로

'다, 나이 들어서 그래요' 하더랍니다

내 친구 분해서 씩씩거리며 '지는 나이 안 먹나?!'

친절하지 못한 의사를 갈구자는 것이 아니라

이런 투의 어깃장으로라도 자신의 서운함을 삭히려는

것이지요

맞아요, 맞는 말이지요

그동안 오래 써 먹은 모든 기관이 낡고 삭아 고장나서

여기도 저기도 봐 달라고 찔러대는 것이지요

그거 몰라서가 아니랍니다

어릴 때는 빨간 약, 요드 용액만 발라도

만사형통으로 느꼈는데

이제는 처방전으로 받은 약이 비닐봉지에 그득하고

식후 30분은 약을 먹는 시간으로 굳어졌어요

'아무개가 죽었대, 지 몸만 그리 챙기더니만'

자기에게 오는

얀정없는 말에는 부르르 노여워하지만

자신은 그 보다 더 무심한 사람인 걸 모르고 있어요, 참!

그래도요, 그랬어도요

남의 불행이 나의 다행이라 여긴다고 나무라지 마세요

나이 들면 다시 어린아이로 돌아간다는,

그래서 어리고 미숙한 마음인거지 원래부터 소가지 나

빴다고

은근히 얕보듯 무시하진 말아 주세요

따뜻한 손

이거 개인적인 얘기인데 풀어놓아도 될지요?

아는 분은 대충 아는 일인데요 뭘!

엄청난 큰돈을 떼이고 부도가 나고

빚도 지게 되었어요

세금도 내지 못했고요

꼽아보니 20년이 넘었네요

이유와 원인은 몇 가지가 되지만,

상대방을 너무 믿었던 것이었어요

그보다 더 결정적인 탓은 모든 것을 늦게 알아 본 것이

지요

가까운 이웃으로 여긴 이들이 모두

소리 소문 없이 내 곁을 떠났다는 사실을 알았을 때,

돈을 잃은 것보다 더 큰 상실감은 탄식으로 이어졌지요

뭐 알고 보니 내가 겪은 그런 일은 나한테만 특별했던
거였고
세상에서는 비일비재해서 얘기꺼리도 아니더군요

이제 돌아보니까 이런 말은 할 수가 있게 되었네요
감당 할 길 없는 어려움에서 조금 벗어난 후에는
반드시 그 길에는 누군가의 내민 손이 있었다는 것을
알게 되었지요
그 손을 내가 잡았다는 것도요
지금 막다른 길에 섰다고 느끼는 이들,
절망하지 말라고 해주고 싶어요
너무 흔해 빠지고 상투적인 말인가요?
지나고 보면,
혹 누군가의 내민 손을 몰라보았는지도 몰라요
늦지 않았어요, 따뜻한 손을 꼭 잡으세요
그런 다음 따뜻한 손이 되어 주는 일도 잊지 마세요

낯선 동네

머네, 옛골, 버드실, 물푸레 마을, 안녕동

모두 동네 이름입니다

이름만으로도 어떤 동네인지 감이 잡힐 듯 하지만

마을버스에 적힌 이름을 볼 때마다

가 본 적이 없는 그곳이 궁금해집니다

작은 마을버스를 타고 종점까지 가서

맨 마지막 손님으로 내려 보고 싶습니다

서먹한 얼굴로 주위를 살펴보고

하늘이 얼마나 맑은지,

코끝에 닿는 바람의 내음이 어떤지 맡아보고 싶습니다

여기도 정 따순 사람들이 살고 있다 여겨지면 안심이 되고

주춤거림도 줄고 낯설음에도 익숙해 질 것입니다

그런 다음엔 밥집을 찾아보거나

흔한 찻집이 있나 돌아 볼 것입니다
결국은 무엇인가를 먹고 나서야
낯선 동네가 나를 받아 준 듯 느끼고
나도 낯가림을 풀고 돌아오게 될 것입니다
참, 이름 예쁜 동네, 이름 닮은 동네
그런 동네 또 있다면 알려주세요

팥, 팥빙수

팥빙수 시키셨군요

빙수는 뭐라 해도

팥빙수가 제일이지요

우유를 얼려 갈아 둥글게 담고

눈꽃 얼음 위에 고봉으로 오른

소복한 팥소와 고명

쏟아질라,

조심히 한 수저 떠서 먹는 첫 숟가락

알지요, 그 맛?

칼로리가 높다지만 어디 자주 먹게 되나요?

아유, 요즘은 밥값보다 비싼 빙수가 예사로 널렸어요

계절 없이 빙수집이 성업중이고요

빙수집 주인이 그러더라고요

과일빙수 커피빙수 아니고 팥빙수 주문하면

대충 나이 짐작한다고요

단팥빵, 찹쌀떡, 단팥죽

팥소 좋아하는 나이가 되었어요

새삼 달콤함이 좋아지는 나이가 되었어요

평화를 빕니다

'평화의 인사'를 나누는 미사예절은 천주교의 예식입니다

미사 중에 '서로 평화의 인사를 나눕시다'는 신부님의

말씀에

생각 없이 앉아 있다가도 곁에 분과 또 앞, 뒷자리의 교

우들과 눈을 맞추며 인사를 하게 됩니다

상대가 무심하게 반응할 때는 살짝 쑥스러울 때도 있답

니다

아는 분이라면 악수나 가벼운 포옹도 나눕니다

어떤 분은 이렇게 인사를 나눌 때가 제일 기쁘다고 했습

니다

그때의 인사말이 '평화를 빕니다' 이지요

서로에게 평화를 빌어주는 마음, 참 아름답지요

평화, 샬롬, 피스

말은 달라도 의미는 동일합니다

세상에서 사랑보다 더 절실한 것이 무엇일까요?

그것은 평화입니다

평화가 바탕이 되지 않으면 사랑도 이루어질 수가 없습니다

연일 일어나는 지구 이 쪽 저 쪽의 총소리와 폭발음

크고 작은 세상의 어둡고 아픈 소식에 우리는

암담함과 절망을 느끼곤 하지요

이 모든 것은 평화를 잃어가고 있기 때문에 생기는 일입니다

서로 평화를 빌어줍시다

그대의 평화와 나의 평화가 금을 긋듯이

나눠져 있는 것이 아니랍니다

함께 누려야 참 평화가 됩니다

III. 기쁨의 날이 오리니

삶이 그대를 속일지라도

시집을 내고 친구에게 건네주면서 말했어요
"마음에 드는 시 한 편 찾아 내게 읽어달라"고요
웬 숙제냐면서도 싫어하진 않았어요
그러면서 조잘대었지요
"우리 어렸을 때, 이발소 그림 배경으로 적혀있던
흔했던 그 시 생각나?
하도 많이 읽어서 둔한 머리지만 아직 기억난다 애"
그 시는 푸시킨의 시였지요
'삶이 그대를 속일지라도 슬퍼하거나 노하지 말라
슬픔의 날 참고 견디면 기쁨의 날이 오리니~'
단발머리 때는 몰랐어요
삶이 너를 속일 때 있으니 속았대도 그러려니 하고 참고
살라는

속임 당함에 대한 면역성을 미리 키워주었던 시를

그때는 제대로 실감하지 못했으니까요

푸시킨도 미인 아내를 둔 탓에 연적의 총에 죽고 말았다

지요

이 시는 삶에 실망해서 태어나게 되었을지요?

기쁨의 날에 대한 기대,

아직도 우리에게 유효하겠지요?

프리다 칼로의 푸른 집

천상 바람둥이였던 뚱보 화가 리베라를 사랑했던

프리다 칼로

그를 미워하면서도 그 미움 속까지 파고 든 애증을

사랑 좀 해본 이라면 한눈에 알아보았어요

연인이고 부부였던 두 사람의 전시회가

서울 동 서에서 열리고 있었어요

그녀가 수없이 그린 자화상은 강렬하더군요

'나는 나 자신을 그린다

내가 가장 잘 아는 주제이기 때문이다'

그녀의 자화상은 그대로 처절한 아픔이지요

짙은 갈매기 눈썹의 개성 있는 얼굴,

멕시코풍의 화려한 전통의상은 그녀를 더 암울하게 보

이게 하지만

교통사고와

깊은 병과 리베라의 연이은 배신으로 허물어지고

뜨거운 분노의 힘으로 몇 번이고 다시 일어나기를 반복

하지요

멕시코 시티, 그녀가 살았던 푸른 대문 집

방에 놓인 철제 침대가 눈에 들어왔어요

오래도록 육신의 고통에 힘겨워했던 그녀의 아픔을 받

아주기엔

침대는 너무도 허술해 보였어요

세상도 그렇게 그녀의 아픔에 대해 무심했을 것이고요

'이 외출이 행복하기를 그리고 다시 돌아오지 않기를'

그녀의 마지막 일기, 돌아오지 않는 그녀에게

축하의 포도주 잔을 부딪고 싶습니다

오마 샤리프

그가 죽었습니다

좋아했던 그가 먼 곳에서

더 먼 곳으로 떠났습니다

깊은 우물 같은 선한 눈을 가진 남자

33세의 오마 샤리프는

시인이고 의사였던

'닥터 지바고'로 내게 왔습니다

영화 속의 그를 엄청 좋아했습니다

자작나무 숲과 쌓인 눈의 고요까지도

함께 좋아했으니까요

그도 알츠하이머를 앓았습니다

나이 들어가는 수순을 그이라고 피해 갈 수 없었던 것이

지요

잘 생겼다는 이유로 다 좋아지지는 않아요

그가 태어난 이집트에는

여기저기서 비슷한 오마샤리프를

볼 수가 있었어요

가난 탓으로 맨발인 오마샤리프도 있었던 걸요

그에게는 우울을 받아내는 연기의 힘이 있었습니다

'닥터 지바고' 에서요

영원한 지바고였던 그를 볼 수 없어도 잊지 않겠습니다

산타 이야기

어김없이 크리스마스 앞두고

거리 곳곳에 등장하는 산타크로스 보셨지요?

빨간 옷과 고깔모자, 은발의 긴 수염, 커다란 선물 자루

참, 그분은 영원히 다이어트를 하지 않아도 되는

넉넉하고 푸근한 몸매를 자랑하고 있더군요

보기만 해도 선물 주러 온 좋은 할배라는 인상을 주지요

산타가 죽었다는 글을 쓴 외국 초등학교 선생님이

파면을 당했다는 해외뉴스를 봅니다

산타가 아예 없다거나 죽었다거나 하는 얘기는 금기입
니다

초등학교 선생님이 그런 말을,

어째 좀 너무 서툴고 서둔 것 같지 않나요?

귀 좀 빌려요, 산타가 엄마 아빠라는 것

우리 모두 알고 있는 진실아녀요?!

우린 몇 번이나 산타를 만났나요,

평생에 몇 번이나 산타가 되어 보나요?

'누가 착한 아이인지, 나쁜 아이인지'

다 아는 놀라운 산타

알라스카 앵커리지 4141 포스트마크

산타에게 편지를 보낸 6살 손녀는

산타의 존재를 믿어 의심치 않습니다

그 아이가 스스로 산타의 진실과 부재를

알게 되는 날이 오겠지요?

아이는 속았다고 그래서 억울하다고 느낄까요?

아빠 엄마가 짜고 한 거짓말이라고 몰아붙일 것 같진 않

아요

아이도 엄마 산타가 되고 말 것이니까요

기쁘게 답습할 거니까요

벤허

우리 나이에 '벤허' 라는 영화를 모르는 이는 없을 듯 해요
흑백 영화에서 총천연색 그리고 가로 길이가 긴 화면,
시네마스코프 영화가 등장했을 때의 경이로움은
지금같이 놀랄 일이 많은 시대를 살면서도 그만큼 했을
까요?
찰톤 헤스톤이 주인공이었던 벤허, 박력이 넘치는 전차
경주 장면
네 시간 가까운 상영시간 중간에 휴식시간까지 있었던
영화는 아마도 벤허가 처음이 아니었나 싶어요
'평생 잊지 못할 최고의 감동,
오, 신이시여! 이 영화를 정말 제가 만들었습니까?' 라는
감독 윌리엄 와일러 독백까지 광고로 내걸었던
제작비도 엄청나게 들고, 아카데미 부문상도 많이 받은

영화

내용은 기독교영화이지만 배반과 복수의 고전적인 스토
리와

영상미가 종교영화를 뛰어넘어 많은 이들에게 감동을
주었어요

57년 만에 4번째, 리메이크 되었다는 벤허를 보았어요

1959년대의 감동을 기대하지 말았어야 했어요

이제쯤, 하고 기다렸던 가슴을 퉁 치는 감동은 끝내 오
지 않았어요

극장을 나오면서 알았지요

어린나이에 너무 인상적으로 본 영화의 감동을

지금 똑같이 받아보고자 했던 것이 무리였다는 것을요

영화 제목만 같았을 뿐, 보는 사람도 영화를 만든 사람도

모두 달라져 있다는 것을 깨닫지 못한 것이지요

감동의 박수소리, 차마 일어 설 수 없어 의자에 앉아 있
던 관객들

그런 마음의 동요는 이제 무리한 기대가 되고 말았나요?

감동하지 않는 나이, 그렇지만 작은 일에도 노여워하는

쪼잔하고 메마른 노인이 되어 간다는 얘기를

지금 하고 있어요

회색분자

좋아하는 색이 자주 바뀌는 것은
어떤 심사일까요?
젊을 때는 그랬어요
얼굴빛을 환하게 받쳐주는
분홍빛 옷을 좋아했지요
그렇지만 분홍색만큼 잘 입어 낼 수 있는
옷이 드물답니다
까딱하면 애매한 분홍은
입는 사람을 유치하게 만들기 딱 좋지요

올리브 그린이라고 하지요?
그 색을 좋아하지만 즐기는 옷으로
이어지지는 않더군요

우리나라 계절로는 그린 색 옷을 입을 수 있는
시기가 짧은 탓일 거예요

이제 살펴보니,
회색빛의 옷과 가방 머플러와 모자
회색이 나를 휘감고 있네요
색 맞춰 입고 나가는 일에 신경쓰기 싫어서,
아니면 이것도 저것도 아니게 보여도 되는
회색이 주는 편안함을 알게 된 탓인지
어느새 나는 회색분자가 되고 말았어요

좋아하는 색이 바뀌지 않는 것,
이것도 나이 탓이려나요?

쇠비름의 이동

미국 뉴멕시코 주의 작은 마을

저녁을 먹기 위해 찾은 동네 식당

돌계단 틈에 납죽 엎디어 자라고 있는 풀이

눈에 들어 왔어요

허리 굽혀 살펴보니, 어머나 어머나

어쩐지 낯설지 않다 했더니

붉은 줄기 따라 번지는 도톰한 잎, 쇠비름이었어요

한때 몸에 좋다는 입소문이 나고

쇠비름 발효액을 담고 장아찌를 만들어 먹는 일이 번지자

나도 그 대열에 합류 했더랬지요

오행초라 부르고 잎이 말馬의 이빨을 닮았대서

마치채馬齒菜라 부르는~

뭐가 어찌 되어서 몸에 좋다는 것인지 암을 낫게 한다는

엄청난 부담까지 받았던

쇠똥 옆에서 자란다는 흔하고 천한 식물 쇠비름

얘들은 어쩌자고 이곳에도 뿌리를 내려

곤고한 모습으로 눈치도 없이 팔 뻗으며 사는 버릇은 여

전한지

이곳서도 몸에 좋다는 대접을 받는지

그날 저녁 식사의 얘기꺼리가 되어 주었지요

쇠비름이라는 지극히 한국적인 이름으로 미루어

우리나라 토종풀인 줄 알았으나 그건 아니었고요

이제 국경 없이 드나드는 건

사람과 식물이 다를 바 없다는 걸 알게 되었다는 것이지요

남의 땅에서 보는 쇠비름은 어째 어울리지 않고 측은하

기만 했어요

그러려니

노인의 키가 줄고 몸피가 작아지는 것은
그들 삶의 지혜를 아랫사람에게 나눈 탓이어서
그렇다는 말이 있었어요, 그렇게 나이듦을 긍정해 주실
건가요?
너무 많이 나눈 것도 아닌데 제 키가 줄었어요
MRI에 나타난 결과로 요추 2번과 흉추 12번이 알게 모르게
손상을 입었고, 이래저래 4센티 가량 낮아진 키를
이젠 인정하기로 했습니다
굳이 굽이 있는 구두로 키를 보강하려고 하지 않을 것입
니다
높은 굽의 구두를 제 무릎이 감당하지 못할 거고요
그러려니, 마음먹습니다
'그러려니'만큼의 평안은 없으니까요

작아진 키, 좁아진 보폭으로 하루 몫을 걸어다녀도

빨리 빨리 채근할 일도 없습니다

나이듦이 보여주는 것은

어디 그뿐인가요?

입술선線은 흐려지고 눈두덩은 내려오고

팔자주름으로 연결되는 심술선心術線까지

얼굴에 미운 금을 그어 놓았습니다

세월이 주는 여유로움과 편안함보다 늘 화난 듯한,

정말 화가 나있는 지도 모르는 선배를 보면,

예전의 따뜻하고 화사한 얼굴이 생각나서 마음이 아픕니다

거울을 보며 내 얼굴이 마음에 안 들지만

그러려니,로 돌아섭니다

그러려니가 자리 잡지 못할 곳은 없습니다

그것은 체념이나 포기가 아닌

나를 다루는 지혜의 방편입니다

경로 운전

신호등 따라서
내 앞에 하얀색 경차가 멈췄어요
뒷유리에 뭔가요?
〈경로 운전〉이란 글이 붙어 있네요
아마 운전하는 이가
어르신이라는 뜻일 테지요?

초보운전, 새내기 운전, 왕 초보
'아이가 타고 있어요' 보다
〈경로 운전〉은 낯설었어요
대접해 달라거나
좀 봐 달라는 뜻으로 읽히면 어쩌나요?

그래요, 뭐

'늙은이가 운전하고 있어요

빌빌거려도 빵빵 거리지 말고 봐 주시구려'

그래달라고 붙인 글이라 내놓고 말하세요

고개를 빼고 운전석을 기웃해 봅니다

히끗한 머리카락의 할아버지 운전자

멋있어요, 분장으로 만들 수 없는

세월이 벌어다 준 무시 못 할 여유로움 같은 거~

재수, 왕재수

'재수 없으면 90까지 살아'

요즘 남의 말 하듯 이런 말을 하지요

오래 산다는 것이 재수 없다, 라는 말인데요

사실은 오래 살 수 있어서 나쁠 건 없다는 말로

듣기니 어찌된 일일까요? 하하

아니라고요? 그럼 제가 너무 앞서가고 있군요

재수가 뭔가요?

재물이나 좋은 일이 생길 수 있는 운세, 라고

사전에 풀이해 놓았네요, 거 봐요

재수는 물질적인 것으로 연결되어야 완벽해지지요

제일 먼저 떠오르는 것이 복권이네요

로또는 사 본 적이 없고, 사지 않을 것이며

그런 재수를 바란 적이 없어요

내가 무어 예쁜 짓을 하며 살았다고

그런 천운을 누릴 수 있겠나 싶어서요

재수가 넘치도록 많다고 느낄 땐

왕재수라고 편하게 말하기도 하더군요

왕은 어디서나 왕 노릇을 하니까요

재수가 좋다, 많다, 있다,로 그렇게 붙여 쓰지만

재수 없어,라며 차가운 불쾌감을 나타낼 때도 있어요

'너를 보는 아침은 왼 종일 재수가 좋은 날이 될 거야,

널 만날 거라는 기대로 설레었어'

그런 인사를 서로 나누고 싶어요

듣고 싶어요

안구건조증

프랑스의 작은 마을 루르드 성지순례 중에
성수라고 부르는 물에 몸을 담그는 순서가 있었어요
팔 힘 좋아 보이는 외국인 여성 봉사자 둘이
양 옆에서 나를 들어 물에 담궜다가
가볍게 들어 꺼낼 때,
얼핏 성마리아의 푸른 허리띠가 손등에 닿은 듯

벽에 걸린 십자가의 예수가 눈에 들어오는 순간
나는 울기 시작했어요
울음은 점점 커지고 봇물 터지듯 한
울음이 잦아들기까지는 한참이 걸렸지요
"눈물의 은사를 받았구나"
어깨를 두드리며 동행인이 말해주었어요

"저 자매, 그렇게 많이 울었대"
저녁 식사 때 일행이 수근거렸지요
그렇게 터졌던 눈물의 의미를
정확히 밝혀낼 순 없지만
지금 나는 그때처럼 울고 싶습니다
'눈물로 씻기지 않는 슬픔은 없다' 니까요
슬픔을 쓸어내고 싶으니까요

안구건조증은 이미 내게 익숙한 증세
눈이 말라 가고 있으니 어찌할까요?
눈물이 떠나버렸으니 어찌하나요!
눈물이 걷어내지 못하는 내 슬픔을요

경로석

경로석에 앉아 보셨어요?

나보다 더 나이 드신 분이 앉기도 부족한 좌석

그래서 그 쪽을 피하게 되었어요

젊은이들이 그런대요

경로석에 가지 않고 자기들 앞에 서서

비틀거리는 노인들 보기 불편하다고요

그래서 졸게 되는지도 모르고,

죽어라 스마트폰만 들여다 보는지도요

그들도 출근길 귀가길이 힘들지 않겠어요?

빈 의자가 나면 반가워 털석 주저앉고도 싶겠지요

친구랑 둘이 지하철을 탔어요

눈에 띄는 빈자리 하나,

우린 서로 앉으라며 양보를 했지요
그 옆자리 젊은이가 조용히 일어나며
"두 분 앉으세요" 하는 거 였어요
"어머나, 미안해요 고마워요"
청년에게 인사를 했지요
그는 말없이 미소지었어요

'참, 가정교육을 잘 받은 청년이구나'
하나를 보면 열을 알게 되는 시력
정작 돋보기를 써야 하는 눈이지만
또 다른 눈을 얻게 되었음을 자랑하고 싶어요

명품 가방

딸의 산바라지를 해주고 있던 어느 날,
함께 나가자드니 백화점으로 데리고 가서
마다는데도 굳이 명품 가방을 사주었어요
그 3초 백이라는 가방 있잖아요?
(그니까요, 짝퉁 백을 3초 만에 볼 수 있다는 흔한 가방
이지요)
처음엔 들고 나설 데가 마땅찮아서,
가방 살 돈을 모으려고 애쓴 딸을 생각하면 애잔해서
그러다 보니 명품 가방은 옷장 속에 모셔지고 말았지요
돋보기, 선글라스, 손수건, 지갑, 화장품파우치
메모 노트, 볼펜 요즘은 휴대용 손세정제, 핸드폰까지
가방 크기에 따라 들어가는 물건은 많아지기도 하고
줄기도 하지요

아무리 명품이면 뭐 해요? 가방 자체의 무게가 많이 나

가면

그건 내 것이 아닙니다

에코백을 좋아하는 이유도 그래서지요

어깨에 걸쳐서 내 어깨가 견딜만한 무게의 가방이면

그게 명품이지요

그것이 내가 원하는 삶의 무게이기도 하고요

밝히자면 모셔두었던 명품 가방은 딸에게로 돌아갔답니다

떠나게 하세요

아줌마들 넷이 여행을 떠났어요
돈도 시간도 그중 만만한 중국여행이지요
아침에 일어나 뷔페식당에 앉아
차려진 밥 먹고,
아, 저 분 정치하는 텔레비전에서 자주 보는 분 골프 치
러 오셨나 봐요
자고난 침대에서 쏘옥 몸만 나와도 되고
저녁에 받은 맛사지는
횡재같고 황녀 된 거 같았지요

자신의 수첩에 가고 싶은 곳을
빼곡이 적어 놓았지만
정작 가본 곳은 몇 곳이 못 되는

죽은 친구가 생각나서 서러워집니다
하얀 벽 파랑지붕이 지중해 햇빛 아래 빛나는 산토리니
크로아티아 두브로브니크 성벽의 이름도 적어 놓았더군요

아줌마의 여행을 허락하고 밀어주세요
'열심히 일한' 아줌마 허리 꼬부라지기 전에
무릎 탈나기 전에 떠나게 하세요
부지런히 돌아다녀도 그리던 곳을
얼마나 제대로 볼 수나 있겠는지요?
사실 여행의 약발은 그리 길지 않다는
약점이 흠이긴 하지만요
먼, 먼 여행을 떠나기 전에
돌아올 수 있는 곳이 있을 때
자잘한 일 미뤄두고 떠나십시오

등 밀까요?

정말 반가운 말이어서 얼른 돌아봅니다
발가벗은 몸이어서 나이 가늠하기
대중탕에서는 쉬워요
나보다 한참 아래로 보이는 이가 등을 밀자고 하네요
그런 말하기 쉽지 않았을 터인데
그래서 더 반가웠어요

아시다시피 언제부터인가 여탕에서
서로 등을 밀어주는 일이 사라졌어요
각자 알아서 내 몸 내가 씻고 나가는
셀프적인 행위로 바뀌었어요
목욕타월로 제 아무리 요령 있게 씻어도
두 팔은 등짝의 곳곳을 잘 닦아 낼 수가 없어요

내 몸을 씻듯이 그녀의 등을 깨끗이 밀어줍니다

그녀도 질세라 내 등을 밀어주고 비누칠까지 해줍니다

아우, 시원해라! 저절로 나오는 소리였어요

이렇게 개운할 수가요

그녀도 그런 기분이었을 거고요

모르는 이에게 내 몸을 맡기는 얼마간의 신뢰와

서로 돕는 작은 일 하나로 참 기분 좋은 하루였어요

우리 함께 등을 밀어요

IV. 기억 창고

'냇물이 바다에서 서로 만나듯'

'오래 오래 살 수 있는 길은

나이를 많이 먹는 것이 아니고

언제까지든지 어린 맘을 잃지 않는 것이다'

윤석중 선생님의 1940년 동요집 '어깨동무' 첫머리 글

을 옮겨 봅니다

일찍이 선생님은 동심을 잃지 않아야 삶이 다르다는 것

을 아셨습니다

석동石童, 윤석중 선생님

1200여 곡의 노랫말을 만들고

우리 어린이들에게 윤기와 온기를 더해 주신 분

'나들이' 라는 순우리말을 지으시고 자리 잡기까지

50년이라는 긴 시간이 걸렸다며 우리말에 더없는 애착

을 가지신 분

요즘 순식간에 형편없이 망가지는 우리말을 보면 어떤
마음이실지요?
줄이고 꺾어내고 우리말이 이토록 수난을 받고 어지럽
게 흔들립니다
유행 타다가 잠시 사라질 말이라고 해도
이건 아니다 싶은 말, 어디 셀 수나 있나요?

'냇물이 바다에서 서로 만나듯
우리들도 이다음에 다시 만나세'
선생님이 지으신 이 노래를 영결미사에서
성가대와 함께 부를 수 있어 애절했습니다
일본노래만 부르던 어린이들에게 우리 졸업식 노래를
지어주자며
설렁탕집에서 만난 정순철 선생님과 곡을 붙여가며
그 자리에서 흥얼흥얼 불러보다가 밥집 주인에게 시끄
럽다는 핀잔을 들었다던 그 '졸업식 노래'는 아직까지
불리고 있습니다

선생님 떠나신 지 13년,

동요대상을 받으시면서 대상大賞이 아니고

어린이 대신해 받는 상이라던 말씀 기억합니다

지금도 어린이를 대신해서 어떤 일을 하고 계신가요?

힘없고 측은한 어린이들이 홀대받는 모습 보이시나요?

잠깐이라도 다녀가면 안 되시는지?

이다음에 다시 만날 수 있음을 믿고 있습니다

그래도 선생님이 그립습니다

차선우 집배원

7월 27일, 한여름
100년만의 폭우가 내렸다는 날이지요
그가 새로 배정받은 구역은 내가 살고 있는
시골 마을이었어요
우리 동네를 한 바퀴 돌고 그는 떠나고
나는 우편함에서 눅눅한 우편물을 꺼내들고
우습진 집안으로 들어왔어요

오후 늦게 마을에는 소문으로 뒤숭숭했어요
저 아래 하수관 배수로에 급류에 휩쓸려
젊은 집배원이 사고를 당했다는 소식을 들었지요
29세 차선우 집배원
아프가니스탄 전쟁에 참여했고, 정규직이 된지

6개월째 되었다는군요

미혼인 그는 어머니를 모셨다는데 아들을 잃은

엄마는 어떻게 살아야할까요?

사흘 만에 한강 잠실대교 부근에서 그를 찾았다는 소식에

모두 마음 아파했어요

훈장도 받고 추모비도 세워지고

대전현충원에 쉴 자리도 마련되었어요

그랬지만 스물아홉 청년이 짝을 만나서

알콩달콩 잘 살아주었다면, 하고

지금도 그의 엄마 마음이 되어 가끔 그를 생각합니다

아린芽鱗 이야기

목련이 꽃을 피우기 전에

주변에 떨어진 나무 비늘을 보셨나요?

무심해서 못 보셨나보군요

붓끝처럼 목련꽃 하얀 몽우리가

올라오기 시작하면 몽우리를 감싸주던

아린은 제 갈 때를 알고

서서히 나무를 벗어나지요

그게 나무의 비늘, 아린이랍니다

품엣 자식이

버젓하게 제 몫을 시작하려는데

내가 할 일은 이제 끝난 거라 믿기 때문이지요

혹, 걸리적거리기나 한다면

안 될 일이니까요

눈치껏 움직일 줄 알아야 하니까요

그런데 어디서 많이 들어 본 얘기라구요?

아, 그러네요

멀리 볼 것 없이 아린이 되어버린

바로 우리 늙어가는 부모들 이야기이지요

돌아와 주어요, 혜희씨

1999년 고등학교 2학년이었던

혜희는 아직 집으로 돌아오지 않고 있습니다

그때가 언제인가 손가락으로 꼽아 보기도 지쳤습니다

"이젠 마주해도 못 알아 볼"것 같다는 아버지의 말입니다

딸이 아버지를 먼저 알아 봐 주어야지요

서울 시내 곳곳에 걸린 현수막 〈송혜희 좀 찾아주세요〉

차를 타고 다니는 사람은 차 속에서 보았을 것이고,

길을 걸어 다니면서 그 글 참 많은 사람들이 읽었을 테
지요

보았지만 잊었을 것이고요

현수막이 낡고 찢어지면, 아버지는 새로 마련해 걸어놓
습니다

사진 속의 딸은 여전히 미소 짓고 있습니다.

'부탁을 하거나 동의를 구할 때' '좀' 이라는 말을 내세

웁니다

좀, 좀, 제발 좀

이제는 서른을 넘긴 아줌마가 되었을 혜희씨!

자신이 혜희라는 걸 잊어버렸나요?

돌아갈 곳이 있다는 것을 생각하지 못하나요?

가난하고 병든 외로운 아버지에게로 좀 돌아와 주어요

이제 혜희씨가 아버지를 찾아오세요

코사지 할머니

차 없는 인사동 길은 사람들의 길이었어요

코사지 할머니를 만난 건

그 길 모퉁이에서였지요

화랑 앞 은행나무를 의지 삼고

할머니는 조화로 만든 코사지를 조로록 놓고

숨어있고 싶은 모습으로 앉아있었어요

친구랑 얘기 나누며 그냥 지나치다가 다시 돌아왔어요

작은 할머니가 눈에 들어왔기 때문에요

"이거 다 할머니가 만드신 거예요?"

팔십 가까워 보이는 할머니는

고운 티가 아직 남아있었어요

젊었을 때는 양장점을 운영하셨대요

힘들거나, 비 올 때는 못나오지만

가끔 이곳에 나와서 만든 코사지를 파신다고요

보라색 무궁화 닮은 꽃은 내가 고르고

친구는 자주 빛 꽃을 집었어요

우리는 할머니 보는 앞에서 꽃을 달았지요

"할머니 이쁘지요?"

할머니 수줍은 듯 미소 짓고

우리는 호호호, 기분 좋게 웃었습니다

눈으로 하는 말

내게는 외국인 사위가 있습니다
딸과 결혼한 지 10년이지만
여전히 한국말은 서툴고 단어는 한정되어 있습니다
외국인이어서 말이 통하지 못함은 당연한 일이라 여깁
니다
같은 말을 나누면서도 '이거 말이 통해야지!' 하고
소통하지 못함에 가슴 치지 않는 것이
어쩜 다행일지도 모르지요

이건 자랑이 아니고요,
사위와 말이 안 통해서 큰일이라고 생각해 본 적은 없습
니다
물론 중간에서 딸이 번거로울 수는 있었을 것입니다

가끔은 눈치채기가 빗나가서 어이없어 웃게 될 때도 있
었지요
그래도 살아보니 말이 안 통하는 것이었지
마음이 안 통하는 것은 아니었으니까요
말이 안 통하면 말로 상처 주거나 받지는 않을 테지요?
말로 찌르는 것이 얼마나 아픔인지 나는 알거든요
말이 부족할 때는 눈빛의 언어가 한 몫을 하지요
눈으로 나누지 못하는 말은 없을 것이예요
사실, 서로 통한다는 것에 말은 그닥 큰 힘을 쓰지 못한
다는 것,
겪어 본 사람은 익히 알고 있는 일 아니든가요?

내 친구 열쩰이에게

친구야,

그대가 유명을 달리했다는 소식을 늦게사 듣고

한동안 머릿속이 휑하니 비워진 채로 지냈어

병病을 얻어 3년여

그동안 외롭게 병을 달래가며 더 외롭게 살았던 친구

그래서 꿋꿋하고 반듯하게 살고자 했었는지도

영어회화도 배우고, 섹스폰을 배워 불 줄도 알고

음악을 들을 수 있는 새로 산 오디오 얘기도 내게 해주

었지

남자사람친구, 여자사람친구 우리 사이가 그런 사이라

고?

뭐 아무려면 어떠랴?

우리 동갑내기 좋은 친구여서 이렇게 긴 세월 함께 할
수 있었던 거
그대도 알고 나도 아는 사실 아니었나?
나의 남자도 아니고 또 그대의 여자가 되지 않았던
그랬기에 참 고마운 서로의 친구가 될 수 있었지
카톡에 남아있는 그대 흔적을 내 손으로 차마 지우지 못
하겠네
그건 정말 못할 일이야

이다음 우리 만나면
나, 진심으로 그대를 포옹하며 반가움을 숨기지 않으리
그곳에서 병과는 제일 먼저 이별했을 것이지?
이 땅에서 누리지 못한 기쁨을 얻어 보기를
그대가 누리지 못한 자잘한 일상의 작은 재미 같은 거
사실 그거 별 거 아님을 알아내기를
아니 육신의 아픔을 걷어내고 소리 내어 웃어보기를
앞으로도 오래 기억 할 내 친구, 잘 있어
그리고 진정으로 행복하기를~

학 같은 금아琴兒 선생님

구반포 오래된 아파트 2층

키가 쑤욱 자란 메타스퀘어 나무가 창문을 가리듯 한 곳

오래된 책상, 그보다 더 낡은 책꽂이가 놓인 자그마한 방房

책꽂이에 책들은 정갈한 주인의 성품대로 정리정돈 되

어있고

손때 묻은 영어 성경은 아주 낡아 꼽히지 못하고 눕혀

놓으셨어요

젊은 잉그릿드 버그만의 흑백사진 몇 장, 선생님이 좋아

하는 배우였지요

박경리 선생의 '토지' 드라마를 즐기시고 거기에 나오

는 월선을 좋아해서

그 역을 맡은 탈랜트를 착하다, 단아하다고 칭찬하시기

도 했어요

선생님은 언제나 셔츠에 조끼거나 가디건을 입으셨고
윗도리와 구두만 챙기시면 외출이 가능한 차림으로
오는 이를 맞으셨어요. 많은 분이 선생님을 찾아 오셨지요
커피거나 얼그레이에다 위스키 한 방울 떨어트려주셨는데
정작 선생님은 불면 때문에 커피를 드시지 않으셨어요
내게 시를 읽게 하고 듣기를 즐겨하셨고요
집에 갈 때 택시를 불러서 차 넘버를 메모하셨다가
잘 도착했다는 전화를 드릴 때까지 보관하신다, 하셨어요
잠실 롯데월드에 있는 기념관에는 선생님의 방을 그대
로 옮겨놓아
선생님의 모습이 세월을 거슬러 떠 오르게 합니다
글도 삶도 명징 명료하신 분, 학 같은 선생님이 보고 싶
습니다

그래
너 한 마리 새가 되어라

하늘 날아가다
네 눈에 뜨이거든

나려와 마른 가지에
잠시 쉬어서 가라

천 년 고목은
학같이 서 있으리니

– 시 '새' 전문* –

*피천득 시 '새'

스님과 연잎 차 한 잔을

나는 불교신자가 아닙니다

무한한 불교의 섭리에 대해 잘 알지 못합니다

그렇긴 해도 조계사 가을 국화전에 가서

절 마당에 가득 넘치는 국화향기에

온몸을 적시는 정복을 누립니다

'부처님 오신 날' 기원정사의 산사음악회는 기쁜 나들

이로 정했습니다

유명사찰에 가보기를 좋아하고

왜 이름이 났는지를 알아보기도 합니다

어떤 이의 말씀인가요?

절은 스스로 절하게 하는 곳이어야 한다고 했어요

그 말에 공감하지요, 내가 절하는 이유입니다

한 때 가까이 지내던 이가 불자여서 그를 따라 절에 가

곤 했어요

합장하며 깊이 고개 숙이던 정갈한 이마를 기억합니다

장사익 소리판에 설봉스님의 짝이 되어 앉았어요

절에서 뵙는 스님의 경상도 말투는 술수를 부리지 못하는

정직하고 걸림이 없는 단호함이 있었지요

스님과는 눈인사를 나눈 사이지만

때타지 않은 맑고 투명한 피부와 분홍뺨을 가진,

누구라도 한 번 보면 기억에 남는 분이셨지요

장삼을 잘 접어 무릎에 놓고 스님은 곧 소리에 빠져들었

어요

장사익의 심장을 치고 나오는 소리에 누구보다 먼저

열심히 박수를 치기 시작했어요

스님의 흥이 내게로 옮겨 왔어요 친근감까지 보태어서요

그날 소리판 관객 중에 스님은 단연 으뜸이었어요

내가 슬쩍슬쩍 훔쳐보았다는 걸 아셨어요?

엄격하고 단아한, 그리고 정깊은 스님,

이다음 절에서 만나면 연잎차 한 잔 주세요

'이슬처럼'

블라우스 단추 하나를 채우는데 20분이 걸리셨다는 말씀에

꽃무늬가 흔들려 보였어요

너무 마음이 아파서지요, 눈물이 고여서지요

가녀린 몸매, 다리가 불편한 장애

그래서 여리고 순하고 또 아픈 것들에게 눈길을 주고

그것들을 위한 사랑과 믿음의 시를 짓고 노래를 만들었지요

송알송알 싸리 잎에 은구슬

대롱대롱 거미줄에 옥구슬

해방 전에 쓴 '구슬비'가 널리 불려지면서 선생님은

외로움과 가난을 슬프게 여기지 않을 수 있게 되었어요

황해도 해주에서 태어나 1948년 월남하면서

부모님과 헤어지고 장애를 이겨내기 위해 힘든 생활을
겪어야 했지만
그 모든 것까지도 승화 시킨 착하고 착하신 분
조안동 프랑스 수녀님들이 운영하는 무료 양로원
선생님의 방에는 어느 수사님이 써 주셨다는
유현주영愈顯主榮
그 글의 뜻을 곧 노래로 읊었어요

아침 이슬
따다
묵주 만들어

이슬 같은
기도
바치고 싶네

이슬처럼
살다

이슬처럼 져

천국 잔디 길에
이슬
한 알 되고 싶네

– 시 '이슬처럼' 전문* –

* 권오순 시 '이슬처럼'

기억창고의 선물

그 골목길에

노란 근조등이 걸릴 때도 있지만

어느 집에는 삐걱대는 대문에 금줄이 걸리기도 했어요

누군가는 떠나고 또 아기가 태어났다는 것을

그것도 사내아이가, 사람들은 기억하곤 했지요

여성국극단이 공연을 왔어요

진하게 위로 뻗혀 눈썹을 그린, 남자보다 멋있게 남장을

한 주인공

그를 따라 가고 싶었던 마음을 엄마에게 들켜 혼나곤 했

지요

초여름, 소독차가 뽀얀 연기를 내뿜으며 동네를 한 바퀴

돌자

아이들은 신이 나서 소리 지르며 따라다니고

지남철을 들고 나온 아이 옆에 오르르 모여

넋을 놓고 구경하던 등까머리들

나의 기억창고에 가면 모두 만날 수 있지요

달빛이 달맞이꽃에 내렸어요

그 빛은 아무나 볼 수가 없다는 것, 그건 맞아요

꽃에 닿은 달빛을 지금도 기다려요

밤새 앓고 일어난 아침

녹두죽, 황도 통조림, 그 귀한 바나나

엄마에게서 얻은 잠깐의 편애가 그리워요

아프고 싶어요, 엄마의 곁에 있고 싶어요

죽어서 다른 물체가 되어 태어남을 믿나요?

오늘 밤 하늘에 뜨는 별에는 스물다섯 동생이

그 곁에 엄마는 저녁 밥 짓고 있을 거예요

그들을 몰라보면 안 될 일이지요

좁은 골목길에서 참 많은 것을 배우고

믿으며 자랐어요

기억 창고가 소중한 건 그래서예요

그것들이 채워져 있는 곳에서

지나 온 것들을 만나고 나를 돌아볼 수 있기 때문이지요

가장 좋은 집

경기도 문화재 92호를 곁에 두고

낮으막한 산 아래 살고 있습니다

아침이면 산너울 길이라는 예쁜 이름의

산길을 걸어 어느 지점에서는 숨이 턱에 차지만

그쯤을 내려오는 길로 잡고 숨을 다스립니다

이 산자락 밑으로 자리 잡은 지 삼 년 남짓,

참 잘했다 싶습니다

버스길까지 타박타박 걸어내려 가는 길도 예쁩니다

길을 넓히느라 잘라버린 벚나무가 아쉽지만

그래도 틈새 길에 노랑코스모스가,

백일홍과 꿀풀이 명아주가 피고 자랍니다

산에서 우는 새소리는 덤으로 듣습니다

'가장 좋은 집은 아무에게도 들키지 않고

울 수 있는 공간이 있는 집' 이라고 건축가 김중업이 말

했어요

'들키지 않게 울 수 있는 공간'

그러자면 큰 소리를 내면서 울어서는 안 되겠지요?

참, 마음 놓고 울기도 쉽지 않습니다 하하핫

울지 않고 살 수 있으면 좋으련만

어쩌나요, 별명이 수도꼭지가 되었으니요

들키지 않고 울 수 있는 쬐그만 방을 이곳에 갖고 있습

니다

천천히 다가오는 아침, 불쑥 어둠이 펼쳐지는 저녁

그 밤에 추위 타는 겨울별과 병풍 친 숲을 볼 수 있습니다

울고 싶은 분, 마음이 그늘로 어두운 분, 오세요

향기로운 차 한 잔 대접하고 싶습니다

나이롱

이보다 더 매끄러울 수 없습니다
비단 같은 질감에다 화사한 무늬
감아놓은 천을 풀어 펼치면
금세 주변은 어지럽도록 화려한 세상이 되었지요
기적의 섬유로 불리던 나이롱을 아시나요?
그런데도 허풍을 떨거나, 부풀어 과장되게 말하는 이를
보고
'저 사람, 순 나이롱이야' 하고 업신여기기도 했는데
이 무슨 조화속인가요?

세종문화회관 앞길에서 만난 수녀님 두 분
아마도 전교담당 수녀님이지 싶어요
나도 천주고 신자라고 했더니 반가워 하셨지요

"전 나이롱 신자인 걸요"

그 말이 그리도 쉽게 나오다니요

수녀님은 기다린 듯이

"아유, 나이롱이 얼마나 질긴데요

절대로 갈라지는 일 없어요"

맞아요, 담뱃불이거나 불티를 맞으면

동그랗게 뚫어져 구멍나는 일은 있어도

닳거나 찢어지는 일 없는 섬유,

물기를 받아들일 줄 모르던 저 혼자 잘난 줄 알던 고집

그때의 나이롱은 사라지고 추억의 옷감이 되고 말았지요

명절선물을 싸서 보내온 분홍보자기가

아무래도 미끌미끌한 나이롱 닮아서

질리도록 질긴 나이롱이 생각난 날이었어요

티라미수

하루 세 잔의 커피는 건강에 도움이 된다고

뉴스에 떴지요?

몸에 좋다니 마셔야지요,

앞 다투어 커피를 찾으시겠어요?

탕약 같은 검은 빛, 쓰고 쓴 커피라고

아직도 고개를 흔드시는 분도 계시네요

잠이 안 와서, 속이 쓰려서 못 마신다는 분도 있고요

커피와 함께 하는 짝으로 티라미수 어때요?

커피시럽에 팥 앙금, 코코아 가루가 얹혀진

입 속에서 맴도는 달콤함은 여성의 입맛에는

아주 제격이시요

커피의 쓴맛을 상쇄 시키고 커피는 티라미수

단맛을 가라앉혀 주지요

이탈리아에서는 티라미수를

'나를 끌어 올리는 맛' 이라고 부른대요

꿈같은 맛, 아찔한 맛

그래서 나를 즐거이 천상으로 들어 올리는 힘

그 티라미수 케익 한 조각과 함께 하는 커피

어쩌면 중독성이 있을 지도 모르는,

달콤하고 쌉싸래한 그것으로

하루가 행복하게 열립니다

나의 지인들

주변에 나보다 나은 이들이 왜 이렇게 많은지요?

그래서 나의 부족함을 위로 삼고 그들과 어울리며 살고

있습니다

누가 내다 버린 화분을 들고 와

드디어 행운목을 꽃 피우게 한 안나씨

패턴 없이도 재봉틀로 드르륵 원피스며 조끼며 에코가방을

만들어 이웃에 나누는 경희

내 주변을 아우르는 큰 나무 혜경화님

동창 정옥이는 얼마나 머리가 영특한지, 어릴 때 기억은

죄 그녀를 통해 점검을 받게 되고 큰살림 두서 있게 거

둬내고

친구들 모임에 밥값이며 커피 값을 즐거이 부담하는

그래서 복 받은 사모님이지요

'내게 두 개 있으면 하나는 자기 거야'

문우 이촌 시인이 내게 하는 말이고요

나의 이웃들은 나누기 선수예요

이상하게 그건 천천히 서로에게로 전염이 되어 지데요

살짝 삐쳤다가도 아무개가 좋아하는 북어 무말랭이 무

침을 챙겨와서

슬쩍 가방에 넣어 주거나

이거 너 좋아 하잖어, 하며 가지 무침 반찬 그릇을

앉은 자리 쪽으로 쑥 밀어 놓는데

누가 오래 삐져있을 수 있겠나요?

들꽃을 수놓는 후배작가, 그가 수놓은 꽃은

창문에 가득 넘치게 내 방 커튼에도 피어있지요

내 눈물을 닦아준 마음씀이 따뜻한 또 다른 문우 L씨

그들이 아름다운 건 그런 마음이 돋보여서

이마와 눈가의 주름 따위로 인물을 평가하지 못하게 만

들지요

내게 없는 좋은 점, 나보다 나은 이가 많다는 사실이

내게 내린 은총이라 여기며 살아갑니다

꽃자리에 누워

구 상 선생님,
여의도에 들어서면 아무 것도 안 보였습니다
그때까지 최고의 빌딩도 안중에 없고
오로지 선생님의 모습만 보였지요

오래 사셨던
관수재觀水齋 복도를 기억합니다
어느 집에선가 초보실력의 피아노 소리가 들렸어요
점심을 사주시면서
"이 곳(여의도)에 오면 정주영 회장에게도 내가 밥을 사"
그 말씀 든든했습니다

1979년 저의 첫 시집에 격려의 말씀을 주셨어요

졸시를 얹어서 칼럼도 쓰셨고요

많은 대자代子를 두셨고

그들을 위해 기도한다고 하셨습니다

'내가 지은 감옥'

'네가 만든 쇠사슬'

'그가 엮은 동아줄'

모두 떨치고 나오너라, 하셨습니다

네가 앉은 자리가 꽃자리라 하셨으나

오래 몰라보았던 우매가 부끄럽습니다

지금 저의 이 꽃자리 선생님이 주셨습니다

꽃자리에 누워보니 차고 넘칩니다

이제사 그 말씀이 제게 닿았습니다

강이 세운 관수재觀水齋

물처럼 사신 선생님을 그립니다